# BIRØKTERENS MAKABRE HEMMELIGHET

## JOHN BLOCK

Tegn Forlag 2019

**Utgiverinformasjon**

**Birøkterens
makabre hemmelighet**

Forfatter: John Block

Redaktør: Thea Marie Sanne

Illustratør: Tone Wasbak Melbye

© Tegn Forlag 2019

www.tegnforlag.no

ISBN: 9788283910575

1. utgave. 1. opplag.

Korrektur: Sigrid Hesjevoll

Omslagsdesign: Digitelle AS

www.digitelle.no


Facebook:

www.facebook.com/tegnforlag

Instagram: @tegnforlag

E-post: post@tegnforlag.no

# Innhold

# Kapittel 1

Jeg var helt sikker på at de tre sirklene jeg så nede på plenen ikke hadde vært der dagen før. Den en og en halv meter brede verandaen i andre etasje der jeg stod, strakk seg i hele husets bredde. Jeg var riktignok noe tidligere oppe enn vanlig den dagen, og sola var fortsatt så lav at gresset dannet titusenvis av små spisse skygger på plenen, men det måtte være noe annet som gjorde sirklene synlige. Ellers så hagen ut akkurat som den gjorde dagen før; grønt, velpleid gress og en åker der det voksne ekteparet som eide den vakre eiendommen kunne fråtse i store, friske grønnsaker. Vekstene var tatt godt vare på. Fruen i huset satte sin ære i å holde hagen - og da spesielt urtehagen - fri for ugress, og hun passet på med vanning etter behov. Jeg gikk inn igjen i stua gjennom verandadøra, fortsatte ut i den smale gangen og inn på soverommet der Tone fortsatt lå og døste i dobbeltsenga.

«Nå, har du fått kontakt med denne dagen?» spurte jeg svakt, mest for å undersøke dagsformen til min kone.

«Jada, jeg skal stå opp nå», sa Tone og strekte både armene

og beina samtidig.

«Det er fint vær i dag også, men det er noe rart med plenen som jeg ikke har lagt merke til før. Du får se hva du tror om det når du står opp.» sa jeg spørrende mens jeg snudde og gikk ut på det lille kjøkkenet for å sette på vannkokeren til hennes te og min frokostkaffe.

Jeg brukte litt av ventetiden til å rydde på plass oppvasken fra kvelden før. Den hadde stått og lufttørket over natten.

Tone kom ut fra badet ferdig dusjet, sminket og kledd, og jeg tok henne med ut på verandaen og spurte om hun la merke til noe spesielt med plenen.

«Nei, hva skulle det være? Den er jo helt strøken slik som den alltid er!»

«Ja», sa jeg, «men se nøyere etter; ser du ikke noe spesielt?»

Tone gransket plenen inngående.

«Jo, kanskje når du sier det – er der ikke en skygge som ser ut som en rund ring? Nei, to, nei tre ringer faktisk – er det bare runder med gressklipperen, eller hva?»

«Nei – har du noen gang sett Ulrich kjøre **runder** med gressklipperen? Han går jo helt systematisk fra ende til ende – vanligvis ser jo plenen ut som en fotballbane før en VM-kamp når han er ferdig med å klippe ple-nen!»

«Ja, sant nok,» sa Tone og snudde seg for å gå inn.

«Men nå vil jeg ha frokost, så kan vi gruble mer på dette mys-tiske fenomenet mens vi drikker te og kaffe på verandaen etter frokost.» Og slik ble det.

Vi spiste en standard frokost med speilegg – mine to stekt på begge sider – og bacon, samt en ristet brødskive til «dessert», med den deiligste honning som smakte slik bare fersk, kortreist honning kan smake. Vi fikk et glass med skrulokk, fylt med nesten gjennomsiktig gyllenbrun honning av vertskapet da vi ankom ferieleiligheten for tre dager siden. Det var den beste honningen vi noensinne hadde smakt.

Vi ryddet bordet etter frokosten og tok med hver vår brødskive og kopp med te og kaffe ut på verandaen. Der stod vi først ved rekkverket og studerte det vi hadde sett tidligere. Nå som solen var kommet et stykke høyere opp på himmelen, var ringene enda vanskeligere å få øye på. Men de var der. Alle tre. Størrelsen på ringene var cirka en meter i diameter. To av dem tangerte hverandre, mens kan-

ten på den tredje var omtrent en halv meter fra de to andre. Det var et merkelig syn. Hva kunne dette være? Vi satte oss ned på hver vår gråhvite plaststol med fargerike puter under rompa.
På et lite firkantet respatexbord plassert mellom oss, stod krus med te og kaffe. Vi nøt den gylne honningen i stillhet – med varme tanker til vertskapet som hadde gitt oss denne gaven direkte fra tysk natur. Lite ante vi der og da hva som ventet oss i dagene fremover, der blant annet de tre ringene i plenen spilte en av rollene i et makabert scenario som vi helt ufrivillig ble en del av.

**Kapittel 2**

Turen vår nedover til Tyskland
startet noen dager tidligere.
Kilometer etter kilometer for-
svant i bakspeilet da vi rullet i
130 kilometer i timen sørover
E45 i Danmark. Vi hadde valgt
Color Lines ferge SuperSpeed
1 fra Kristiansand kl. 08:00 til
Hirtshals, og etter en smakfull
frokostbuffet om bord, var nå
fokuset rettet mot å komme oss
til Tyskland. Planen var å kjøre
deler av Die romantische Stras-
se – en av mange berømte tu-
ristveier i Tyskland. Tyskland har
noe for enhver smak, tilrettelagte
ruter som fører ukjente turister

til turveier med romantiske bin-
dingsverkshus, gamle kornmøl-
ler, eller andre severdigheter,
som de har uendelig mye av.

Etter et kort stopp med en lett
lunsj i restauranten "Det gamle
Apothek" i Haderslev, en koselig
liten by på Jyllands østkyst, ble
vårt neste stopp rett etter grensa
ved Padburg mellom Danmark
og Tyskland. Et supermarked
med godsaker for alle alders-
grupper og interesser. Vi var
mest opptatt av vin, og helst den
røde varianten. Tyskland kan
imidlertid ikke skryte av en om-
fattende produksjon av rødvin;
det bugner derimot av hvitvin,
der de mest kjente er Riesling-

viner fra Saar, Rhin- og Mosel-
distriktene. De har også mange
andre vindistrikt med gode hvite
viner, der Saale - Unstrut er et
av de nordligste i Tyskland.

Vi tok av fra E45 cirka fem
kilometer før grensa, for å krysse
den overgangen vi pleier, og an-
kom deretter supermarkedet. På
veien inn fikk vi kjøpt med oss
en Bratwurst med brød, sterk
sennep og god ketchup. Etter å
ha satt de til livs var vi klare til å
inspisere utvalget. Vi sikret oss
en stor handlevogn, ruslet mel-
lom reolene og fant frem til avde-
linga for rødvin, hvor vi plukket
med oss det vi ville ha. Noe mi-
neralvann på boks måtte vi også

ha, så det ble et par brett med Ramlösa på denne turen, ett med naturell og ett med granateplesmak. Etter å ha betalt, trillet vogna til bilen og flyttet varene over i den, fant vi tilbake til E45, eller A7 som den heter i Tyskland, og fortsatte i god driv med lite trafikk og godt humør videre sydover mot Hamburg.

Instrumentpanelet i bilen – en Mercedes Benz C220 diesel – hadde fjorten dager tidligere gitt beskjed om at det var tid for neste service. Vi hadde derfor planlagt og bestilt via e-post en overnatting i Ellerau, et tettsted i Pinneberg en halvtimes kjøring nord for Hamburg. Der er et Mercedesverksted (Autohaus Paasche) med et meget godt rykte. Vi hadde bestilt service på bilen den påfølgende dagen.

Da vi ankom vertshuset fikk vi tildelt et dobbeltrom. Etter å ha satt fra oss bagasjen, kjørte vi til verkstedet. Der parkerte jeg bilen og puttet nøkkelen i post-sprekken i inngangsdøra som avtalt. Etterpå ruslet vi den ti minutter lange gåturen tilbake til vertshuset. Middag ble bestilt til klokken syv, Wienersnitzel med stekte båtpoteter. Etter middag trakk vi oss tilbake på rommet og åpnet en flaske rødvin som vi hadde handlet i butikken ved grensa.

Det ble litt diskusjon om hvor og når vi skulle fortsette turen videre sydover, men min kone og jeg ble enige om å besøke det nordligste stedet der det dyrkes vindruer: Saale - Unstrut. Tidligere turer hadde blant annet tatt oss til Ahr, der de dyrker røde og blå druer for å produsere rødvin. Den tyske rødvinen falt imidlertid ikke i smak. Hvitvinen de produserer i Rhin- og Moseldistriktene derimot, er vår klare favoritt til terrassekosen. Den fås selvsagt i mange varianter, med forskjellig søthetsgrad og alkoholinnhold. Tommelfingerregel er at desto tørrere vin, jo høyere innhold av alkohol. Mens de søte hvitvinene kan ligge så lavt som rundt 8 % alkohol. Så det blir som så mye annet, en smakssak.

Konklusjonen vår ble at det beste var å ta toget til Hamburg dagen etter, mens bilen ble tatt vare på av bilverkstedet, og så kjøre mot Saale - Unstrut etter å ha hentet den ferdige bilen.

Klokken ble syv, og vi gikk ned for å spise middag. Spisesalen var et avlangt rom med en rekke trehvite firemannsbord på hver side av rommet. Der var lysegrå fliser på gulvet og hvitkalkede murvegger med lamper og de- korasjoner i sort smijern. Alle bordene hadde rene hvite duker og en bitteliten vase med friske roser fra hagen utenfor. Vertshuset var en del av en bondegård.

Middagen som ble servert var enorm. Det var mat til minst fire personer. De største Wienerschnitzlene vi hadde sett, samt en svær skål med stekte båtpoteter blandet med baconterninger. Det smakte fantastisk, men vi måtte gi opp etter en schnitzel hver. Den andre måtte bare ligge igjen. Til slik mat hører jo tysk øl med, og i en høy kjøler med glassdør som stod i enden av rommet var det et godt utvalg av både øl, vann og mineralvann. Tone valgte seg ut en flaske

hveteøl, mens jeg tok en Dunkel
Bier, en mørk øltype med litt mer
smak. På et spraglete grått og
hvitt respatexbord ved siden av
kjøleren lå en flaskeåpner, en
penn og en notisbok. Der skulle
vi skrive opp alt vi hadde forsynt
oss med fra kjøleren under vårt
opphold ved vertshuset.

Da maten hadde sunket litt og
ølflaskene var tomme, gikk vi
sakte opp trappen til andre
etasje. Vi hørte stemmer fra et
av rommene vi passerte i den
teppebelagte gangen, før vi lås-
te oss inn på rommet vårt. Det
store værelset var enkelt, men
likevel godt utstyrt. Møbler og

interiør minnet om en dansk stil,
med rene linjer og duse, lyse
farger. Badet var også romslig,
med stort dusjkabinett og nedfelt
vask. De to obligatoriske vann-
glassene var på typisk vis inn-
pakket i gjennomsiktig plast og i
godt selskap med såpe, flytende
hårsjampo, samt en dusjhette. Vi
hadde fire håndklær til rådighet
- to små og to store - ett sett var
hvite og ett sett var gule. Et godt
eksempel på tysk service og om-
tanke. Med to ulike farger slapp
vi å lure på hvilke håndklær som
tilhørte hvem.

**Kapittel 3**

Neste dag startet med en smak-
full frokost. Ferske rundstykker,
godt smør, syltetøy, et godt ut-
valg av kjøttpålegg og egg etter
ønske: kokt, stekt eller eggerøre.
Juice fulgte med, og vi kunne
velge mellom kaffe og te. Alt
servert til bordet. Akkurat slik en
frokost skal være. Etterpå ble
det oppgjørets time, betale for
rommet, for middagen kvelden
før, pluss drikke fra kjøleren i
matsalen som vi hadde notert
i boka. Vi fikk beholde rommet
helt til klokka fire, for det var få
gjester på vertshuset.

Kofferter og annet ble derfor
stående på rommet mens vi
gikk til bilverkstedet for å se om
alt var som det skulle. Alt var i
orden, og vi fikk beskjed om at
bilen skulle bli ferdig klokken
tre samme ettermiddag. Vi gikk
et par hundre meter videre, til
jernbanesporet og holdeplassen
Ellerau. I en automat der kjøpte
vi billetter til Hamburg sentrum.
Bare fem minutter senere kom
toget som raskt og effektivt
brakte oss til Hauptbahnhof,
selve hovedjernbanestasjonen i
Hamburg.

Timene gikk unna i rekordfart.
Hamburg er en fantastisk by
med mye å se på, og den er

vakker med sin varierte arkitektur, alle sine parker og kanaler. Tro det eller ei, men det er faktisk flere broer i Hamburg enn i Venezia.

Da klokken nærmet seg tre tok vi toget tilbake og hentet bilen på verkstedet. Prisen på servicen der var temmelig nøyaktig halvparten av det som tilsvarende service hadde kostet i Norge. Vi fylte opp tanken med diesel fra verkstedets pumpe, og kjørte til vertshuset for å hente sakene våre. Med alt av bagasje pakket i bilen kjørte vi så tilbake til Autobahn og sydover mot Hamburg. Det ble for langt å kjøre helt til Saale - Unstrut den kvelden, så vi dro til Celle, en by vi hadde overnattet i én gang tidligere. Fra Hamburg til Celle er det cirka tolv mil, altså om lag en og en halv times kjøring på de tyske motorveiene. Først måtte vi gjennom Hamburg, og det kunne ta sin tid. Nå kom vi dit heldigvis noe senere på dagen enn det verste rushet, men det tok likevel tyve minutter å komme seg gjennom den flislagte tunellen under elven Elbe. Deretter gikk turen langs verdens største containerhavn, og videre gjennom Hamburg til vi endelig kom ut på motorveien mot Celle. Autobahn i Tyskland er ofte plassert slik i terrenget at man ikke ser mye til byer og tettsteder fra veien, men med en fartsgrense på 130 kilometer i timen, og mange strekninger helt uten fartsgrense, er det uansett best å følge med på det som skjer i trafikkbildet.

Vel fremme i Celle kjørte vi rett til det samme stedet vi hadde bodd på tidligere. Et lite hotell som lå inneklemt mellom andre flotte bindingsverkshus. Resepsjon og restaurant i første etasje og tre rom i hver av de tre etasjene i huset. Rommet var rent og luftig, med dobbeltseng og en liten sittegruppe. Baderommet var rent og pent med dusjkabinett.

Akkurat hva man trenger. Hotellet var perfekt plassert i utkanten av byen, men likevel med kort spaservei til Celle sentrum.

Etter en rask oppfriskning på badet åpnet vi en grønn flaske Barolo fra Italia, med dyprødt innhold fra produsenten Viberti Giovanni, Piemonte. Den smakte nydelig og bidro til at vi senket skuldrene etter kjøreturen. Etterpå tok vi på oss gode spasersko og ruslet inn til Celle sentrum. Celle er en pen by, kjent for sin historie og vakre bindingsverkshus. Som i alle tyske byer er gater og torg rene og ryddige. Celle kan også by på et spesielt

springvann: en lang, rett rekke
på omtrent tjuefem meter med
vannfontener, der hvert rør i rek-
ken spruter en vannstråle til ulike
tider og med forskjellig trykk hver
gang. Det var både spesielt og
stilig å se på. Vi satte oss ned
på en benk i nærheten og så på
noen barn som forsøkte å løpe
gjennom vannstrålene uten å bli
våte. Stort sett gikk det bra, men
av og til fikk de seg en dusj opp
fra bakken, til frydefulle hvin og
latter fra de lekende barna. Fra
benken kunne vi også skimte
byens rådhus, et hvitt murhus i
Jugendstil. Rådhuset bød også
på en restaurant: Ratskeller,
Rådhuskjelleren. Vi var sultne,

så vi gikk dit for å spise middag. Restauranten var som navnet tilsa i kjelleren. Vi måtte derfor gå ned en trapp fra gatenivå. Over trappen stod det skrevet: Historischer Ratskeller Anno 1378. Den var virkelig et syn. Hele rommet hadde hvitkalkede, buede takkonstruksjoner, og de mørke møblene fremhevet kontrasten mellom bygning og interiør. De tok varmt imot oss og vi ble geleidet bort til et to-mannsbord, ferdig dekket med hvit duk, dekketallerkener, sølv-bestikk og kunstferdig brettede tøyservietter. Vi bestilte dagens spesialitet: lammeskank med bakt potet og rotgrønnsaker.

Drikke til maten ble en flaske rødvin, en god Tempranillo - Cabernet Sauvignon fra spanske Enate, og vann. Maten smakte himmelsk, og prisen var deretter, men vel verdt hver eneste Euro for seansen med hele den samlede kulinariske opplevelsen vi hadde der den kvelden.

Lykkelige vandret vi tilbake til hotellet, og roet ned med et glass før vi avsluttet dagen og gikk til sengs. Planen vår for dagen etter var først og fremst en kjøreetappe fra Celle til Saale – Unstrut. Vi ville derfor spise en tidlig frokost og komme oss av gårde i høvelig tid. Men dersom vi hadde visst hva som

ventet oss der, spørs det om vi
ikke hadde valgt et annet reise-
mål.

# Kapittel 4

Frokosten på hotellet var svært variert og smakfull, her var det buffé. Vi spiste godt og drakk kaffe og te. Tilbake på rommet pusset vi tenner og pakket raskt sammen sakene våre, før vi gikk til resepsjonen for å sjekke ut. Det virket nesten som om bilen stod klar og ventet på oss – vi plasserte veskene i bagasjerom-met, tastet inn Freyburg på GPS 'en og dro av gårde. Avstanden var ca 27 mil, så GPS'en bereg-net turen til tre timer og ti minut-ter, en fin dagsetappe.
Vel fremme i Freyburg parkerte

vi bilen og ruslet ut for å finne turistinformasjonen. De gav oss en brosjyre over dem som leide ut leiligheter på ukebasis. Der var mange å velge i. Vi satset på et hus som så koselig ut, bygget i Tyrolerstil med fin hage og som lå et godt stykke fra gjennomgangstrafikk. En parkeringsplass fulgte også med. Vi tastet inn adressen og fikk beskjed fra stemmen i GPS 'en om hvor vi skulle kjøre. Huset lå i et byggefelt i tettstedet Grossjena, men det var store tomter, så det var åpent og luftig. Stedet bugnet av velstelte hager, med busker og trær som skjulte innsyn fra naboene.

Vi ringte på dørklokka og ventet med brosjyren i hånda på at noen skulle åpne. Det stod en innelukket varebil på utsiden, en lys grå Mercedes Sprinter med høyt tak og sidedører i lasterommet, som var uten vinduer. Plutselig åpnet døra seg, og ut kom en mann, en svær kar som nesten fylte hele døråpningen.

«Guten Tag!» brummet han med en basstemme så dyp som jeg aldri hadde hørt før. Han var kledd i en rutete blå og rød flanellskjorte og en lys, kort khakibukse som rakk ham til knærne. Buksen hadde mange lommer. Han smilte heldigvis, og fortsatte med «Willkommen in

unserem Haus!» mens han
kikket med skrått blikk på
brosjyren som vi hadde vist
frem. Han steg ut på trappa,
og bak ham dukket en unnse-
lig dame frem. Hun ønsket oss
også velkommen, og presenterte
seg som Line. Da reagerte
mannen igjen og sa at han
het Ulrich. Line var en forsiktig
dame. Hun så nærmest litt eng-
stelig ut og virket tydelig utilpass.
Håret hennes var grått med sto-
re «hjemmelagde» krøller. Hun
hadde på seg et storblomstret
forkle og slitte filttøfler. Hun gikk
foran oss opp trappa uten å si et
ord. Ulrich kom etter, og vi gikk
alle fire opp til en leilighet i 2.

etasje. Vi kom til en gang med tre dører, inn til et kjøkken, et soverom og et bad. Leiligheten var pen og virket helt ny.

Kjøkkenet så nærmest ubrukt ut. Flere av gjenstandene i skuffer og skap på kjøkkenet var ikke pakket ut. Der var også et spisebord med to stoler, alt laget av heltre i et lyst materiale. Ellers inneholdt hvert rom alt man har bruk for i en ferieleilighet.Vertskapet viste oss høflig rundt i alle rommene og fortalte om alt fra lysbrytere til komfyr og varmeovner. Leiligheten var helt nyinnredet, fortalte de og bekreftet dermed det vi trodde. De gav oss nøkkelen til inngangsdøra, og gikk deretter ned trappen og overlot oss til oss selv. Nå kunne vi utforske leiligheten videre på egen hånd.

Fra kjøkkenet gikk det en dør inn til stua, og fra stua en annen dør ut til en veranda som strakk seg i hele husets bredde. Derfra hadde vi full oversikt over eiendommen som lå på den enden av huset. Den var adskilt i to omtrent like store deler: en plen og en stor grønnsakshave, alt striglet med ryddig tysk grundighet. I hjørnet av plenen var det satt opp en rød hagebod på omtrent to ganger tre meter, og på plenen rett ved siden av åkeren, stod det en avlang trekasse på et stativ av stål. Fra hageboden gikk det en rød skjøtekabel bort til denne kassa. Den var over en meter høy, men kun 25 centimeter i firkant. Fronten var laget av glass og kassa hellet litt bakover slik at glassfronten vendte rett mot sola. Noe slikt hadde jeg aldri sett før. Som teknisk interessert ble jeg nysgjerrig på hva dette ble brukt til. Jeg bestemte meg for å undersøke denne konstruksjonen nærmere etter å ha kommet i orden i leiligheten.

Vi gikk ned trappa for å gå ut til bilen og hente alle tingene våre. Inngangsdøra var felles med husverten, men de hadde egen dør fra gangen inn til sin del av huset. Døren hadde et sandblåst glassvindu i øverste halvdel. Motivet på glasset var en svane i et vann med strå og siv, ganske pent, men ikke av nyere dato. På innsiden av glasset var en gardin samlet på midten med et rosa silkebånd, som gjorde at den så ut som et timeglass. Der var ikke mer lys enn nødvendig, og av møbler og pynteting på veggene tippet vi at huset var fra 60-tallet. I gangen var der også en tredje dør. Den kunne bare føre ned trappen til kjelleren, tenkte jeg. Det var også litt rart at den så nyere ut enn resten av inventaret i gangen. På et lite rødt og hvitt

klistremerke øverst på døra
kunne jeg lese at det var en stål-
dør, sertifisert som branndør.
Jeg stusset litt på det, hvorfor
hadde de en branndør midt i et
hus som var bygget i tre? Det
gav ingen mening. Hva kunne
skjule seg bak den døra?

Bilen ble parkert på anvist plass,
og tingene våre ble tatt med opp
til leiligheten. Klær ble pakket
ut og hengt opp i klesskapet og
diverse matvarer ble satt i kjø-
leskapet. Det måtte handles inn
flere ting som manglet av mat
og drikke, så vi låste leiligheten
og ytterdøren, og gikk for å fin-
ne en butikk. På veien vi trodde

gikk mot sentrum beundret vi alle de fine hagene i området. Det var ganske flatt og veiene var rene og velholdte. Fortauene var ryddige og hadde gjerde inn mot eiendommene som lå langs veien, mens biler kunne parkere på den andre siden av veibana. Butikken lå like ved et veikryss. Det var bare et par andre kunder i butikken, som var på størrelse med en Brustad-bu. Vareutvalget var svært variert. I et tilstøtende rom kunne man kjøpe alt mulig rart, fra støvete vegglampetter til tiliters bøtter laget av sink. Det var mange artige ting å se på der, men ikke det vi hadde planer om å kjøpe. Utvalget av

mat var heldigvis bra. Vi fant litt
av hvert både til frokost, lunsj og
middag, og samlet det sammen
i en litt skitten bærekurv laget av
rød plast med svart håndtak. I
kjølereolen fant vi flere typer av
den lokale hvitvinen på glass-
flasker. Etter nøye overveielse
ble det plukket ut tre forskjellige
flasker, en søt og to halvtørre.
Den ene var tappet på en liters
ufarget glassflaske. De to an-
dre var av den vanlige grønne
glassvarianten. Alle tre hadde
skrukork og var laget på den
kjente tyske Rieslingdruen.

En bitte liten, gammel mann
satt på en høy barkrakk for å nå
opp til kassaapparatet.

Den slitte, blanke dressbuksa hans hadde trolig en gang vært sort. Utenpå en ren hvitstripet skjorte hadde han en lysebrun, storrutet dressjakke. Den var glatt i stoffet, tydelig tæret av tidens tann. Når han begynte å snakke var stemmen hans akkurat som jeg forventet: tynn og litt pipende. Han snakket også litt utydelig. Jeg tenkte at han kanskje hadde gebiss, men vi lot som ingenting, smilte, betalte og takket for handelen. Han så litt rart på oss, det var sikkert ikke hver dag det kom kunder dit som ikke hørte til i hans faste kundekrets.

Etter rusleturen vår tilbake til

leiligheten ble maten og flaskene plassert i kjøleskapet. Den minste flaska ble lagt i fryseren, slik at den skulle bli fortere kald.

Siste rest av bagasjen ble pakket ut og toalettveskene plassert på badet. Så var det på tide å prøve ut den lille sittegruppen på verandaen. Mellom de to plaststolene med de fargerike putene stod et respatexbord dekket av en plastduk med blomstermotiv. Vinflaska som lå til kjøling ble hentet ut sammen med et par rødvinsglass som fint kunne brukes til hvitvin. Vi satte oss ned og skålte. Den kjølige Rieslingvinen smakte vidunderlig. Nå kunne vi sitte der tilfredse, nyte stillheten og bare glede oss over sommer og ferie, fred og ro, nydelig sted og deilig hvitvin. Da flaska var tom, spiste vi en lett kveldsmat med ferskt tysk bondebrød, godt smør og typisk tysk pålegg som ser ut som servelat med innbakt krydder og grønne og røde paprikabiter. Vi gledet oss allerede til neste dag.

# Kapittel 5

Morgenen grydde og bød på det samme fine sommerværet som gårsdagen. Vi stod opp, laget ferdig frokosten på kjøkkenet og tok den med ut på verandaen for å spise den der. Fuglesangen fra busker og trær akkompagnerte frokosten med den vakreste musikk. Frokosten ble nytt sakte mens vi drakk vår tranebærjuice. Etter frokost ble det kaffe og te som vanlig. Denne dagen skulle brukes til å utforske stedet.

Saale - Unstrut ligger syd-vest for byen Leipzig. Naumburg er hovedsetet i denne regionen, en

gammel by med en berømt kate-
dral og mye historie. Selve land-
skapet er en lang, bred slette
med slake fjell eller åser på hver
side. Ved foten av disse to fjelle-
ne renner hver sin elv: Saale og
Unstrut, som har gitt navnet til
dalen. I tillegg til den vakre
naturen er området kjent for å
inneha tittelen som nordligste
vindistrikt i Tyskland. Der pro-
duseres det både musserende
vin (Sekt), hvitvin og litt rosévin.
Druen som brukes mest til
hvitvin der heter Müller-Thur-
gau, men Weisser Burgunder
og Riesling er også mye brukt
i hvitvinsproduksjonen. Blå og
røde druer utgjør kun cirka 28%

av druerankene som vokser der. De blandes med de gule druene for produksjonen av rosévin. De slake fjellsidene er delt inn i teiger hvor drueranker er plantet i snorrette linjer oppover dalsidene. I bratt terreng har de laget terrasser av de kalkholdige steinmassene som jordsmonnet består av. Der går de lange rekkene av vinranker horisontalt, på tvers av dem som er plantet oppover liene. Elven Saale, som er den største av de to nevnte, går nord-øst langs den sydlige fjellsiden. Unstrut møter Saale der dalen smalner inn og elvene smelter sammen til en felles elv (Saale) ved Blütengrund.

Vi kledde oss med lett sommer-
tøy og joggesko, låste oss ut og
ruslet nedover veien mot sen-
trum. Vi passerte nærbutikken
vår og fortsatte videre blant hvite
murhus med sort bindingsverk.
Alle husene hadde rosa pelar-
goniablomster i hvite blomster-
kasser plassert oppi rammer
av svart smijern. Plutselig var
husrekken slutt, og vi kom til en
åpen plass dekket med brostein.
Rundt plassen var det både
forretninger, restauranter og
salgsboder, og som i gaten var
plassen også omgitt av bindings-
verkshus. Det hele ga et rolig
inntrykk, selv om noen barn løp
og lekte Sisten ved en restaurant

der tydeligvis foreldrene fortsatt
holdt på med et måltid. Vi fant en
bar med små bord og blomster
på utsiden, der vi satte oss ned
for å se på det yrende livet. Jeg
bestilte en Weissbier og en Dun-
kel da den mannlige kelneren,
kledd i sort med et kort hvitt for-
kle, kom ut til bordet vårt.

Det var ikke mange andre der,
bare en eldre mann som satt
med en kopp kaffe og leste i en
lokal avis. Vi fikk det vi hadde
bestilt, skålte for det gode liv,
og nøt innholdet i våre glass i
fred og ro uten å si så mye. Jeg
kikket av og til bort på mannen
med avisa. Han hadde brukt en
god stund på å bla seg gjennom

sidene, og nå var han tydeligvis kommet til slutten. Han satt slik til at jeg kunne se forsiden av avisa, og der var det en over- skrift som var så stor at jeg kun- ne lese den helt fra der vi satt:

**Touristen vermissed!**

Jeg kunne såpass mye tysk at jeg forstod hva det betydde: **Turister savnet!** Det var jo litt urovekkende - vi var jo også turister.

Ikke lenge etter var mannen ferdig med kaffen. Han la fra seg avisa på bordet og vinket bort kelneren for å betale. Kelneren kom bort og fikk penger av mannen. Han var tydeligvis en stamkunde, for han visste hvor mye kelneren skulle ha. Mannen og kelneren takket hverandre. Mannen reiste seg og gikk mot en av gateåpningene. Kelneren tok opp kaffekoppen med venstre hånd, puttet avisa mellom armen og overkroppen og tørket raskt av bordet med en klut som hang i forkleet. Han gikk tilbake til inngangsdøra og la fra seg avisa på et bord der det lå flere andre aviser.

Jeg var blitt nysgjerrig og gikk bort for å hente avisa som stamkunden la fra seg. Jeg skummet gjennom artikkelen om de savnede turistene. Ingressen informerte om at dette var den tredje mystiske forsvinningen på like mange år, og turistene ble aldri funnet. Alle hadde forsvunnet i forbindelse med fjellturer i Sonneck. Første året forsvant et ektepar, andre året to voksne damer som gikk tur sammen, og i år enda et par. Ingen spor eller levninger av verken klær eller mennesker var noen gang blitt funnet, på tross av omfattende leteaksjoner. Alle de savnede personene var turister. De kom fra Nederland, Finland og Sverige. De var alle i 40-årene da de forsvant, og de ble borte omtrent i det samme geografiske området. Samtlige tre par hadde bodd i telt på Blütengrund Camping, som ligger ved Sonneck Berge

på den andre siden av elven
Saale. Letinga etter de savne-
de hadde blitt utført med typisk
tysk grundighet. Frivillige hadde
finkjemmet området ved å gå
manngard. Politiet hadde brukt
droner med varmesøkende
kameraer, men måtte til slutt inn-
se at det var fånyttes, og innstilte
alle søk.

Dette var ikke gode nyheter
for oss. Jeg fortalte Tone hva jeg
hadde lest i avisa. Vi trøstet oss
med at det hadde skjedd med
ett par hvert år, og ett par var
allerede forsvunnet i år, så der-
for var vi kanskje trygge. Likevel
stolte vi ikke helt på den teori-
en. Vi ble enige om å holde oss

borte fra de mange "Wander-
weg" - turveier som var skiltet og
oppmerket både i naturen og på
områdekartet for turister i
Saale - Unstrut. Det var nok be-
dre å satse på sykkelstier. Hele
dalen var tross alt flat og godt
tilrettelagt for "radfahren" - syk-
ling - med sykkelstier gjennom
hele området.

Vi avsluttet besøket, betalte
og ruslet ut i gata ved siden av
den vi kom via, for å utforske
stedet litt mer. Det var som å gå
i den samme gata og etter hvert
munnet den ut i en vei som så ut
til å være en slags ringvei rundt
Grossjena. Vi tok en sjanse og
gikk til venstre, for om mulig å

treffe den gata vi bodde i. Langs denne veien var det mer variert bebyggelse, og vi endte opp ved et vertshus der de praktisk nok tilbød sykkelutleie.

Resepsjonen fungerte også som serveringsdisk for en kaffebar. Det var ikke lett å få kontakt med dama som stod og bladde med pekefingeren sin på en mobiltelefon. Hun oppdaget oss til slutt, snakket godt engelsk, og sa at hun skulle hente mannen som var ansvarlig for utleie av sykler. Han kom ut leiende på to sykler, type unisex, med fem gir som ble betjent på høyre sykkelstyrehåndtak. Det var bare å dreie

på "gassen", så skiftet den gir alt
ettersom hvilken vei man snud-
de håndtaket. Demonstrasjonen
foregikk på engelsk. Dama lette
frem et ark som inneholdt en
leiekontrakt for syklene. Leia
var fem Euro per dag, og fordi vi
skulle være der i en uke, krysset
vi av for seks dagers leie i kon-
trakten. Leia skulle betales ved
innlevering. Den kunne eventu-
elt trekkes fra depositumet på
hundre Euro dersom syklene var
i samme stand som ved henting.
Vi ga dama to sedler, hver på 50
Euro, takket og trillet med oss
syklene. Vi fortsatte på samme
veien og kom raskt til en gate
som så kjent ut. Der tok vi av inn

til venstre, og som vi trodde kom
vi tilbake til huset der vi bodde.
Vi parkerte og låste syklene, gikk
inn i huset og opp trappa. I lei-
ligheten skiftet vi til enda lettere
sommertøy, og etter en kjapp tur
innom badet var vi klare for å gå
ut i sola.

Ulrich og Line var ute i hagen
der de holdt på å luke ugress
i åkeren, så vi benyttet anled-
ningen til å spørre om de had-
de solstoler som vi kunne låne.
Ulrich gikk inn i hageboden og
hentet ut to hvite plaststoler med
regulerbar rygg, samt to lange,
røde puter som dekket både
sete og ryggstø. Vi plasserte

stolene direkte i sola ved hage-
boden, la ned ryggene så langt
de gikk og slappet av.

Etter en halvtime begynte vi å bli
tørste, så jeg gikk opp på kjøk-
kenet og hentet en av hvitvins-
flaskene som lå i kjøleskapet,
samt to glass. Vi flyttet oss inn
i skyggen av en hekk av høye
trær, og nøt den kalde vinen i
små slurker. Vertskapet vårt var
nå ferdig med sine aktiviteter i
grønnsakhagen, og de gikk inn
i huset etter å ha renset red-
skapen nøye for jord og hengt
de på sine respektive plasser
på endeveggen av hageboden.
Det var tydelig å se at alt hadde

sin faste plass. Så snart de var ute av syne, gikk jeg bort til den merkelige innretningen som stod på grensa mellom plenen og åkeren. Da så jeg at den siden som hadde glassvegg fortsatt pekte rett mot sola. Det forklarte strømkabelen. Jeg kunne også høre en svak summing fra en liten elektrisk motor med svært høy utveksling. Den dreide den firkantede boksen rundt, slik at siden med glassveggen alltid vendte mot sola for å få mest mulig varme inn i boksen. I og med at frontveggen var av matt glass, kunne jeg bare så vidt se gjennom glasset. Jeg gikk tilbake til Tone. Vi satte solstolene

tilbake i hageboden og ruslet
tilbake til huset og opp til leilig-
heten.

## Kapittel 6

Neste dag, etter at frokosten var spist og oppvasken unnagjort, gikk vi ut i hagen for å slappe av. Vi hadde fått klarsignal om å bruke solstolene så mye vi ville, så jeg gikk bort til hageboden for å hente dem. Der merket jeg plutselig en spesiell lukt, omtrent som fra gjærbakst, tenkte jeg, og så meg litt bedre rundt. Der, inntil veggen på hageboden, kom det opp et rør fra bakken, cirka fem centimeter i diameter. Det stakk omtrent femten centi-meter opp fra bakken, og øverst var det en 180 graders vinkel.

Det så ut som en svanehals som brukes til lufting av innelukkede rom på båter. Svanehalsene ombord på båtene er imidlertid ti ganger så store.

Jeg tok med begge stolene og putene ut på plenen, og vi satte oss ned og tok livet med ro. Tone hadde en bok som hun ville fortsette å lese i, så hun bladde opp ved bokmerket som nå lå omtrent midt i boka. Selv hadde jeg tatt med et kart over Saale - Unstrut og en brosjyre med forslag til "Vinruter", "Historiske ruter" og "Sykkelveier" i det samme området. Fordi vi nå hadde sykler, konsentrerte jeg meg om sykkelveiene. Det var

mange å velge mellom. Fordelen
var at alle var lette å sykle, da
dalen var såpass flat i terrenget.
Jeg fant en rute som ikke var for
lang. Tanken var å ta det litt rolig
den første dagen, slik at krop-
pen fikk venne seg til å bruke
andre muskler enn normalt, og
ikke minst sørge for at bakende-
ne våre fikk tilpasset seg til nye
sykkelseter.

Ulrich kom ut og bort til oss på
plenen. Han hadde sett at jeg
inspiserte varmekassen dagen
før, så han tok meg med for å
vise meg hvordan den fungerte.
Han slo av strømmen og åpnet
glassdøra. Da så jeg at det var

dobbelt glass, og at de tre an-
dre veggene var isolerte. Inne
i kassa var en ramme der det
var spent fast to halvdeler av en
vokstavle fra bikuber. Varmen
gjorde at honningen smeltet og
rant ned i en firkantet glasskål i
bunnen av kassen. Det var alt-
så forklaringa på den merkelige
innretningen - trodde jeg da.
Ulrich forklarte om motoren som
dreide kassen etter sola, og at
det var en linse som projiserte
solstrålene på en svart flat fir-
kant som var ca 10 x 10 centi-
meter. På den var det et rutenett
av små fotoceller som hele tiden
registrerte solstrålene og styrte
motoren slik at den siden som

var av glass alltid fulgte sollyset.
Jeg var imponert, og ga uttrykk
for det. Han smilte, og jeg spurte
hvor han kjøpte honningen som
han smeltet ut.

«Ach Nein, Å nei, jeg kjøper
ikke den,» sa den trauste tys-
keren, «Jeg er birøkter og har
mange bikuber.»

Jeg stusset.

«Men hvor er de? Jeg har ikke
sett en eneste bikube her?»

«Å nei, ikke her blant huse-
ne,» brummet han med sin dype
basstemme, «de står oppe i
fjellet, i Sonneck Berge. Der er
det flust av lyng og annen vege-
tasjon som det blir god honning
av.»

«Genau! Javisst!» svarte jeg,
«Klart de må være i nærheten av
blomster og lyng. Det er jo der
de henter næringen sin.»

«Ja, det stemmer» sa Ulrich,
lukket varmeboksen og gikk
rundt til den andre siden av hu-
set.

Jeg satte meg på solstolen
min og skubbet den helt inntil
Tones stol.

«Du,» sa jeg lavt, «det har
sikkert ingen betydning, men
husker du den artikkelen vi leste
i avisa, om de forsvunne turiste-
ne?»

«Ja visst,» svarte Tone, «hvor-
for nevner du det nå?»

Jeg kikket meg rundt, men

Ulrich var ikke å se.

«I artikkelen stod det at alle tre parene som var forsvunnet forsvant i det samme området, Sonneck Berge. Jeg husker det fordi Sonneck minte meg om solskinn.»

«Du,» sa Tone, «nå må du roe deg ned litt! Det er selvsagt helt tilfeldig. Hva i huleste skulle Ulrichs bikuber ha noe med saken å gjøre?»

«Nei, du har selvsagt rett» sa jeg, «Men det er likevel merkelig at dette navnet dukker opp med så kort mellomrom ... Bare glem det!»

Etter en times tid til i solen mente vi at det var nok for en dag, så vi gikk vi inn og dusjet og skiftet til mer anstendige klær. Vi valgte syklene i dag og syklet samme rute som hadde fått oss hjem dagen før. Ifølge kartet skulle den veien snart komme til elven Unstrut, og følge langsmed elven helt til punktet der den flyter inn i Saale. Og kartet stemte med terrenget. På venstre side av veien var det en mur på et par meters høyde, og oppå den og videre oppover var der frodige vindrueranker så langt øye kunne se oppetter dalsidene. Vi var mektig imponert over de rette linjene de var plantet i. Etter et par tre kilometer kom vi til en port i muren. Porten var

åpen, og på innsiden - eller ret-
tere sagt på utsiden når porten
var åpen - hang det en plakat
med følgende tekst:
**«ÅPENT, når porten er åpen.
Vin og småretter serveres.
Velkommen inn!»**

Vi parkerte syklene og gikk
opp trappene til en liten hytte
eller bod som klamret seg fast i
det skrånende terrenget. Bare
taket og den ene veggen var
bygget tett, de tre andre vegge-
ne var laget som et gitter med
store ruter av fem centimeter
tykke, runde trestokker, der lan-
ge vinranker snodde seg inn og
ut og laget dekorative "vegger"
av grønne blader og grønne

halvmodne druer. En eldre, men tydelig sprek dame satt i et hjørne av hytta, og reiste seg med et stort smil da vi kom inn.

I hytta var det tre lange bord, med plass til åtte personer. De var plassert med endene inn til bladveggen som vendte mot veien og elva. I andre enden av bordene var det et mellomrom til et fjerde bord, som stod på tvers av de andre. Det var et mindre bord, men alle bordene var dekket med koselige smårutede blå og hvite duker. Alt var tydelig gjennomført i blått og hvitt. Bestikket hadde blått skaft, ja til og med askebegrene var laget av blått glass. Det var nesten i

overkant gjennomført. På vegge-
ne hang det noen få bilder med
motiver fra nærområdet, og på
det korte bordet stod tallerkener
pent stablet, bestikk, samt de
typiske tyske hvitvinsglassene
med tykk, rund, grønn stett - det
eneste som skilte seg ut fra alt
det andre, som var blått.

Dama presenterte seg som
Angelika. Vi presenterte oss og
fortalte at vi kom fra Norwegen.
Da smilte hun enda bredere, og
ba oss sitte ned. Det gjorde vi,
og hun kom med et A4-ark inn-
kapslet i gjennomsiktig plast. Det
var en meny for hvite viner. Man
kunne bestille både glass og
flasker, samt mat fra en liste

over de forskjellige smårettene som hun kunne servere på kort varsel. Vi konsentrerte oss om vinen først, og bestilte en flaske av hennes egen produksjon, en halvtørr Riesling. Den hentet hun fra kjøleskapet mens vi bestemte oss for hva vi skulle spise, og begge landet på en rett med rundstykker med Karve, tysk syltynn spekeskinke og sorte oliven. Vinen var kald. Hun satte flaska fra seg på bordet vårt, i en vinkjøler med vann og isbiter. Vinen var veldig god. Det var fristende å drikke den som vann, for innholdet av alkohol var bare på 9 %. Vi nippet til vinen mens vi ventet på maten. Glassene våre var nesten tomme da hun kom tilbake med maten. Hun satte den foran oss, og skjenket mer vin i glassene våre. Vi mmmet og nøt måltidet med glede, bare kommenterte hvor godt alt var, og så lite som skulle til for å lage et festmåltid!

Jeg satt slik at jeg så i retning øst. Til venstre for der veien fortsatte var det ikke vinranker, men et stort område med skog og trær. Det var for bratt til å brukes til vinmarker, og solen kunne ikke nå inn til skogbunnen der før omtrent midt på dagen.

Angelika så at jeg studerte fjellsiden, og spurte meg om det var slik det så ut i Norge. Hun

hadde hørt at det var et land
med mye fjell. Vi fortalte henne
litt om den typiske norske natu-
ren og om hvor mangfoldig den
er, så hun fikk et visst inntrykk av
variasjonene i det langstrakte
landet vårt. Jeg fortalte at Norge
også inneholdt typiske dalsider,
der slettene ofte endte og gikk
over til fjell som reiste seg og slik
laget trange, dype daler som tar
over der slettelandskapet slutter.
Jeg lurte på om hun ville nevne
leteaksjonen etter paret som
hadde forsvunnet der i fjellet,
men hun sa ikke noe om det.
Hun ville vel ikke skremme turis-
tene, tenkte jeg. Vi tømte resten
av vinflaska, betalte regningen

og ga henne litt tips i tillegg, før vi tok farvel med den hyggelige dama. Hun takket for besøket og ønsket oss velkommen tilbake. Nede ved veien besteg vi atter syklene og fortsatte videre langs elven mot Blütengrund.

Elven gikk i svinger mens veien var rett. Noen ganger var vi derfor nesten på elvebredden, andre ganger var der mange rekker med drueranker mellom veien og elva. Hver kvadratmeter av jorda ble utnyttet godt til drueranker. Omsider kom vi frem til stedet der elvene møtes og fikk se kabelferga. Akkurat der var elven ganske smal, og det ga mer enn nok strøm i elva til å

drive en kabelferge uten motor.
Ferga, en åpen båt, cirka seks
meter lang og to meter bred med
flat bunn med dobbel kjøl, hadde
en kraftig mast helt fremst i bau-
gen, der den en tommes tykke
stramme vaieren som er strukket
over elva ligger an mot en me-
terhøy stålsylinder som kan
snurre rundt masta. Fergeskip-
peren trenger bare å dra baugen
på prammen ut i strømmen og
legge roret over, og så vil vann-
strømmen presse båten over til
brygga på den andre siden.
Smart, genialt og praktisk.
Typisk tysk.

Ferga lå selvsagt ved den
motsatte elvebredden. Der var

folk og sykler allerede ombord, og fergeføreren dro i vaieren så baugen kom ut i vannstrømmen. Strømmen gjorde så resten av jobben. Ferga gled rolig over elva. Da den nærmet seg elvebredden der vi stod og ventet, rettet mannen sakte opp roret, og fergen la seg pent inntil brygga. Det var helt tydelig at han hadde gjort dette mange ganger før. Det var en perfekt manøver. Folkene ombord steg på land, og de som hadde sykler løftet de over rekka og opp på brygga, og trillet de opp den lille bakken ved fergeleiet og opp på veien vi hadde kommet hit på. "Skipperen" vinket på oss som stod på land og ventet. I tillegg til oss stod det en gjeng på en syv, åtte stykker som tydeligvis var på felles sykkeltur i området. Vi lot de gå ombord først, til slutt gikk vi ombord, og ferga la ut fra brygga.

Over på den andre sida kom vi sist på land. Vi trillet syklene litt vekk fra brygga og parkerte de der. Så tok vi frem sykkelkartet, der det var inntegnet sykkelveier, overnattingssteder og spiseste-der langs de forskjellige rutene. Vi så oss litt rundt der vi var, like i nærheten var der en camping-plass med flere telt, og sykler parkert. Der var også en egen

avdeling for biler med camping-
vogn. Vi så ingen bobiler der.
Campingplassen hette Blüten-
grund Camping, og vi husket fra
avisa vi hadde lest, at det var på
den campingplassen alle de tre
forsvunne parene hadde bodd
før de forsvant.

På den andre siden av elva
kunne vi se den bratte fjellsiden i
Sonneck Berge. Den måtte være
minst 200 meter høy, og helt på
toppen stod det et firkantet
betongbygg med høye master.
Bygget hadde også store para-
boler og andre antenner.
Tydeligvis et bygg for kommuni-
kasjon. Bygget var også innteg-
net på kartet og var det eneste

bygget på toppen av fjellet.
Veien inn dit kom fra øst. Det var
for bratt å kjøre opp fra vestsi-
den og dalen der vi kom fra, men
det gikk en kort vei inn der, av-
merket som bomvei. Veien inn
fra øst hette Telegrafenweg,
antagelig på grunn av bygget på
toppen.

Vi bestemte oss for å sykle til
Naumburg, for å ta en titt i den
byen som er hovedsete i områ-
det Saale - Unstrut. Den er vel
mest kjent for den store kirken
der: Naumburger Dom. Etter å
ha funnet den beste ruten på
sykkelkartet, la vi i vei. Distan-
sen skulle være på omtrent fire
kilometer dit, med andre ord en

fin etappe for oss med ukjente
sykler. Det tok cirka et kvarter.
Sykkelveien var flott med fin
asfalt, slett og flatt og ingen bak-
ker av betydning. Fremme ved
Domen parkerte vi syklene i et
sykkelstativ på utsiden av kirken,
låste de sammen og til stativet,
og gikk inn i den kjempestore
bygningen. Det var en opplevel-
se. Det var så mektig arkitektur,
og så mange vakre motiver malt
overalt inne i kirkerommet, at
man ble litt satt ut av et så stort
og mektig syn. Vi satte oss ned
på en av trebenkene, og bare
beundret det hele. Etterpå forevi-
get vi inntrykket av det storslåtte
byggverket med mobilene. Ute

på kirkeplassen lot vi syklene stå og gikk en tur i byen. Byen var koselig, med brosteinsgater og bindingsverkshus og mange butikker.  Nesten halvparten av dem hadde vareutvalg som gjen- speilet den største industrien i området: Vinproduksjon. Det var så mye å se der at vi bestemte oss for å ta en dagstur tilbake til denne byen. Vi hentet syklene og dro tilbake til Blütengrund. Etter overfarten syklet vi hjem til huset der vi bodde. En ny bil stod parkert utenfor, en grå lukket varebil uten vinduer i varerommet, en Mercedes Citan, den minste varebilen til Mercedes.

Ulrich og en annen mann stod
på utsiden og snakket sammen.
Vi måtte passere de på vei inn,
men ble stoppet av Ulrich.

«Hallo, dere må hilse på
sønnen vår, Felix. Han jobber i
kjelleren vår. Han er møbelta-
petserer og har verkstedet sitt i
underetasjen i huset vårt.»

«Å, hyggelig å treffe deg!»
sa jeg, og vi håndhilste på ham
begge to og sa hva vi hette.

Felix var lang og tynn.
Håndtrykket hans var forbau-
sende fast, men han var så tynn
at kinnbeina stakk ut og gjorde
ham innhul i kjakene. Kanskje
han var syk eller hadde spise-
vegring, men han så frisk ut,

bortsett fra øynene. De var blasse og det var umulig å tolke hva de uttrykte.

«Så du reparerer møbler?» spurte jeg høflig, «det er interessant, kanskje vi kan ta en titt i kjelleren og se hvordan du jobber?»

«Ja det er OK» svarte han og så kjapt bort på Ulrich, «men akkurat nå er det så fullt der at jeg så vidt kommer inn selv, så det får bli en annen dag.»

«Det er greit,» svarte Tone og jeg i munnen på hverandre, og fortsatte inn i huset.

# Kapittel 7

Neste dag stod fortsatt sønnens bil på utsiden av huset. De to bilene hadde imidlertid byttet plass i løpet av natten, noe som betydde at begge hadde vært i bruk. Dette var morgenen jeg oppdaget de tre ringene på plenen. Etter frokost gikk vi ut i hagen og satte oss i solstolene slik som dagen før. Alt så helt normalt ut, men da jeg kikket bort på varmekassa, oppdaget jeg at det var blitt satt på en hengelås. Den var der ikke dagen før. Jeg tuslet langs huset og så meg rundt i den pene hagen. Tomten skrånet litt nedover mot syd, og i den enden av huset var det høyere opp til mønet. Det gjorde også at der var plass til vinduer i underetasjen, samt en dør som var ca 150 cm høy, laget av kraftige treplanker. Den hadde to stålbeslag festet med gjennomgående bolter og var låst med to kraftige hengelåser. Jeg gikk "tilfeldigvis" bort til husveggen og kikket inn ett av vinduene. Men der var det trukket ned rullegardiner, sorte med reflekterende blank utside. De var umulig å se gjennom. Men jeg la likevel merke til at mellom gardinen og de vinduene som kunne åpnes, hadde det blitt satt på solide sikkerhetslåser, slik at vinduene bare kunne åpnes med nøkkel. Dette begynte å bli mer og mer mystisk. Plutselig kom Ulrich rundt hushjørnet og gikk rett bort til meg.

«God morgen,» brummet han med sin karakteristiske, dype stemme. «Ser du etter noe?»

«Neida, jeg bare rusler rundt for å se på alle de fine plantene dere har i hagen. Den er svært vakker.»

«Jo takk, svarte han, men det er Line som skal ha æren for det. Det er hun som steller, gjødsler og vanner både hagen og grønnsaksåkeren.»

«Fruen din er veldig flink med

blomster,» sa jeg mens jeg nik-
ket mot vinduet. «Hvorfor har du
så kraftige låser på døra og vin-
duene?»

«Å,» svarer Ulrich, «vi had-
de innbrudd her for mange år
siden, og da fikk vi montert inn
sikkerhetslås i alle vinduene som
kunne åpnes i kjelleren. Etter
det har vi ikke hatt innbrudd,» sa
han og smilte. «Men nå må jeg
en tur og se etter biene mine.
Har du lyst til å bli med, eller
vil du heller være her og sole
deg?»

Jeg ble usikker og kjente at
jeg ville rådføre meg med Tone,
så jeg svarte:

«Ja gjerne, men jeg må spørre

Tone først.» Jeg gikk rundt huset tilbake til der hun lå og slappet av i solen. Hun ble overrasket over spørsmålet, men etter å ha tenkt seg om, sa hun:

«OK, men ta med mobilen, og ta på deg bedre sko og mer klær. Det kan være kjøligere oppe i fjellet.»

Jeg løp opp trappa, tok på langbukse, en tynn langermet genser og et par støvler med korte skaft. Når jeg kom ned igjen, var Felix dratt av gårde med bilen sin. Jeg gikk bort til Ulrichs bil og hoppet inn.

Bilen så ut som ny. Den var helt strøken. Der var tre seter foran veggen som skilte førerhuset fra varerommet. I den øverste delen av skilleveggen var det et vindu laget av plexiglass, men det var dekket av en gardin som hang i varerommet. Ulrich startet opp og kjørte av gårde. Han fulgte den samme veien som vi hadde syklet dagen før, og omtrent midtveis mellom vinhytten til Angelika og Blütengrund tok han av inn på en vei som gikk inn til fjellet. I overgangen mellom vinmarkene og fjellet var det en bom som stengte veien. Ulrich hoppet ut og låste opp, kjørte litt forbi, og hoppet ut og stengte porten igjen. Veien var smal, men med godt veidekke. Jeg tenkte at dette var fin vei å benytte ved fjellturer både til fots og med sykkel. Der var nok plass ved siden av bommen til å leie syklene utenom og forbi.

Etter cirka fem kilometer stoppet veien ved en gammel, falleferdig murbygning. Ulrich fortalte at det en gang hadde vært et museum, men at det hadde blitt lagt ned for mange år siden. På den andre sida av veien var det en innsjø, og der, mellom veien og vannet sto 12 bikuber på rekke og rad. Vi hoppet ut, og gikk bak bilen. Der åpnet Ulrich dørene og tok ut en trekasse med ovale hull i begge ender til å bære kassen med. Tolv glass fylt med sukker var

plassert oppe i kassa.
"Lokkene" på glassene var
finmasket netting. Han fortalte at
det var mat til biene, så de ikke
skulle spise av honningen. Han
tok på seg en helt hvit, ren
vernedress og ba meg vente ved
bilen. Han så ut som en romfarer
der han vagget ned til den første
kuben og plasserte et glass med
sukker inne i den firkantede kas-
sa. Alle kubene stod på fire bein,
men den siste kuben var plas-
sert et stykke fra de andre, helt
nede ved vannkanten. Han var
ekstra forsiktig med den, brukte
roligere bevegelser og tok seg
god tid. Etter å ha plassert
sukkeret i den siste, kom han

tilbake til bilen igjen og tok av seg drakten.

«Det ser ut for å bli en god sesong,» sa han tilfreds. «Biene har gjort en god innsats hittil i sommer.»

Han plasserte trekassa tilbake i varerommet. Det lå en ekstra bikube i bilen, men den var dobbelt så høy som de som var plassert ute i naturen. Vi hoppet i bilen og kjørte tilbake til huset.

Tone lå ikke lenger og leste. Hun hadde rettet opp stolryggen og hadde lagt boka under stolen. Når jeg nærmet meg, så jeg at hun var svært oppskaket. Hun skalv og var tydelig utilpass.

«Hei!» sa jeg og satte meg ned i fotenden av solstolen hennes. «Hva er det med deg, har du sett et spøkelse?»

Hun så seg fort rundt og hvisket til meg:

«Du, det er noe helt sykt som foregår her! Jeg vil vekk herfra!»

«Så så, slapp av,» svarte jeg og prøvde å se rolig ut.

«Det er helt vilt!» sa hun. «I dag etter at dere var reist av gårde i varebilen, kom Line ut med et tomt bærenett og sa at hun skulle til butikken og kjøpe noe hun hadde glemt. OK, sa jeg til Line. Jeg kan holde et øye med huset mens du handler. Da hun gikk, reiste jeg meg opp og kikket litt rundt i grønnsakhagen, og på vei tilbake hit så jeg at hengelåsen på varmekassa ikke var satt ordentlig på plass. Låsebøylen hadde litt rustmerker ved enden, og jeg så litt av hakket i enden av bøylen, der den blir låst inne i låsehuset. Jeg tok av låsen og åpnet kassa for å lukte på honningen, men fikk mitt livs sjokk! Der jeg trodde det skulle være honning, var det spent fast et stykke hud over ramma! Og nesten øverst på huden så jeg en brystvorte fra en mann! Menneskehud! Det er menneskehud som er til tørking i kassa!»

«Du, nå må du roe deg ned,» sa jeg, «hvilken bok er det du leser for tida?»

«Hold opp! Dette er ikke fleip! Jeg vil vekk herfra i dag! Jeg mener det!» sa hun og så meg alvorlig rett inn i øynene.

«Du kødder altså ikke?» spurte jeg, men så at hun var tydelig utilpass.

«Nei, og jeg vet hva jeg har sett! Jeg skalv slik på hendene at det var så vidt jeg fikk smekket på låsen og kommet meg tilbake til solstolen ... Herregud, det var en grusom opplevelse!»

«Ja det skjønner jeg godt,» svarte jeg, «men hva i helvete er det som foregår her? La oss roe oss litt ned og tenke litt ...»

Vi bare satt og så på hverandre en lang stund.

«Dette henger ikke på greip,» sa jeg stille. «Noe utrolig vanvittig er på gang her. Det er mange ting som virker uforståelig, men som regel er det en naturlig forklaring på det meste.»

«Ja,» sa Tone, «men jeg vet faktisk ikke om jeg vil vite forklaringen på det vi har sett her. Hva med de tre sirklene i plenen i dag tidlig? Hvorfor er kjelleren her nærmest en festning som vi ikke verken kan besøke eller se inn i? Men samtidig er det verdens hyggeligste mennesker som bor her, med sans for vakker hage og dyrking av grønnsaker i egen åker - men likevel er det noe som skurrer kraftig. Vi går opp og skifter og tar en tur ned til senteret igjen for å spise middag. Så kan vi snakke mer om dette når vi er der.»

Som sagt så gjort. Vi syklet ned til senteret og satte oss ned på en restaurant hvor det ikke var så mange gjester. Vi fikk hver vår meny og kikket i den for å finne noe å spise.

«Du, jeg er egentlig ikke så sulten,» sa Tone, «Sjokket hen-ger fortsatt i meg. Kan vi bare kjøpe noe å drikke, og så spiser vi litt senere?»

«Ja, det er greit for meg,» sa jeg og vinket på den kvinnelige kelneren.

Jeg bestilte en Dunkel Bier og Tone bestilte et glass halvtørr hvitvin. Begge deler kom kjapt. Vi ble sittende og drikke godsakene og diskutere hva vi skulle gjøre videre. Skulle vi bare dra hjem til Norge? Vi hadde tross alt leid og betalt leiligheten for seks døgn, så da ville vi tape mange penger hvis vi forlot stedet før tiden. Alternativet var å bli værende for å se hva som skjedde. Men hvem kunne vi snakke med? Vi kjente ingen i området her som vi kunne ta kontakt med.

«Jo, forresten, hva med Angelika,» spurte Tone, «hun virket da som en meget oppegående dame.»

«Ja, det har du jammen rett i,» svarte jeg, «skal vi ta en tur bort til henne og se om porten er åpen?»

«Det gjør vi,» sa Tone og helte i seg resten av hvitvinen.

Jeg tømte mitt krus og betalte. Vi syklet ut samme gata der vi fant syklene. Vi tok til høyre og syklet denne gangen i god fart bortover veien mot Angelikas vinhytte.

Porten var åpen, og vi løp opp alle trappetrinnene til vinsjappa.

Hun var alene i dag også. Hun satt og rensket grønnsaker som hun skulle bruke i matlaginga. Hun ble tydelig glad for å se oss igjen, og spurte om vi ville ha det samme som sist. Vi takket ja til en flaske vin og sa at vi ønsket å snakke med henne om noe. Hun kikket på oss med en blanding av forbauselse og nysgjerrighet, og spurte hva vi ville vite.

Vi satte oss ned og fikk vin i glassene. Vi spurte om hun ville ha, men hun takket høflig nei. Vi fortalte om alt vi hadde sett og opplevd i og rundt huset der vi bodde. Hun satt helt stille og stirret på oss, som om vi kom fra en annen planet. Da vi til slutt

var ferdige, lukket hun øynene
og pustet dypt. Så sa hun:

«Jeg vil helst ikke tro det dere
sier, men når dere har sett det,
så er det vel sant! Tankene går
til det som har hendt med turister
her de tre siste årene ... Seks
personer er sporløst forsvunnet,
og ingen vet noe om hva som
har skjedd. Det dere forteller kan
være svaret på det som alle her
har grublet på de tre siste åre-
ne. Senest i år forsvant et par
som gikk på fjelltur. Samtlige tre
par bodde på Blütengrund Cam-
ping, og alle har forsvunnet i det
samme området. Det er et stup
på 200 meter rett ved gangsti-
en, men det har vært søkt med

hunder og gått manngard i bun-
nen av stupet også, men uten
resultat. Det dere forteller meg
nå, minner meg forresten om en
episode for fire år siden. Da had-
de vi også en spesiell sak her
i Saale – Unstrut, der en mann
omkom, men det fant obduksjo-
nen ut av. Han var blitt stukket
av en spesiell type bier som ble
importert fra Afrika. De kalles
"Killer Bees". De er litt mindre og
mørkere enn vanlige bier, og de
ble importert fordi de tåler bedre
den sprøytevæsken som brukes
i landbruket mot skadelige insek-
ter. Etter det dødsfallet ble de
øyeblikkelig forbudt, og samtlige
bier av den typen ble dopet med

røyk og brent. Import av dem ble forbudt i hele Europa.»

Jeg begynte å tenke på hva Angelika nettopp sa om biene. Ulrich hadde jo en "ekstra" bikube i tillegg til de andre - Nei, nå må du roe ned, sa jeg til meg selv.

«Vi får vel tenke på det til i morgen, og se hva vi finner ut av,» sa jeg.

Angelika korket flaska, skrev initialene våre med tusj på flaskeetiketten og tegnet en strek der nivået på vinen i flaska var. Vi betalte, takket og gikk tilbake til syklene.

«Vi drar tilbake til sentrum og spiser,» sa Tone.

Vi parkerte ved den samme restauranten der vi hadde vært et par timer tidligere, nå bestilte vi mat, og samme drikke som sist. Måltidet ble spist i stillhet, men begge tenkte nok på det samme. Etter maten var spist og servitøren hadde hentet tallerkene, bestilte vi litt mer drikke.

«Du, sier Tone, hva tror du det er som foregår her?» Jeg tenkte meg litt om før jeg svarte:

«Det er jammen ikke godt å si. Jeg har en teori, men jeg håper jeg tar feil!» Tone så spørrende på meg:

«Hva er teorien din?»

Jeg drøyde litt, men ytret til slutt tankene som summet rundt i hodet mitt. Det eneste som **virkelig** var ille, var at Ulrich tilsynelatende tørket menneske-hud i varmekassa si. Hvorfor gjorde han det? Hvor kom huden fra? Og hva skulle han bruke den til? Det var mange ubesvarte spørsmål.

«Vi får sove litt på det,» sa jeg og tømte resten av ølkruset. «Vi drar tilbake til huset.»

Tilbake ved huset låste vi syklene, og gikk opp trappen til leiligheten. Verken Line eller Ulrich var å se. Vi så litt på TV for å få bort tankene vi sleit med, men det var nesten bare tyske tv-kanaler. De engelske filmene som var der var dubbet på Tysk, men det var noen nyhetskanaler der, CNN og BBC News. Vi kikket litt på BBC News før vi bestemte oss for å krype til køys. Tone gikk først, og jeg svitsjet over til tyske nyheter. Etter mange forskjellige innslag om nasjonale nyheter, kom Lokale Nachrichten, lokale nyheter. Hovedsaken var en innbruddsbølge i Leipzig, men etter den kom det jeg håpet på: oppdatering om forsvinningen av turister i Saale - Unstrut. Men det var intet nytt. De fortalte om de fire som hadde forsvunnet de to foregående årene, og om paret som hadde blitt savnet den sommeren.

De viste bilder fra Blütengrund Camping, samt kart over veier og gangstier i nærområdet. De visste at de savnede hadde gått tur i fjellområdet Sonneck Berge, men det var et stort område, og ingen spor var funnet av de savnede turistene. Etter det innslaget kom værmelding. Det var bare godvær i sikte fremover.

Tone gløttet på døra og sa at badet var ledig, så jeg slo av TV-en og gikk på badet.

Etter jeg hadde lagt meg ble jeg liggende og gruble. Jeg var lys våken, og tenkte på alt vi hadde sett og opplevd som kunne virke unormalt. Jeg prøvde å rekonstruere tiden etter at

vi ankom, men kom ikke opp
med noen bra teori. Plutselig la
jeg merke til at der kom en skyg-
ge under døra! I den nye leilig-
heten er det ikke dørstokker, da
dette letter rengjøringen av gul-
vet. Det betyr at det er en liten
åpning under hver dør. Det var
stummende mørkt i soverommet,
men lyset var på ute i trappa, det
kunne jeg se fra senga nå som
det var mørkt.

Skyggen i lyset under døra
beveget på seg igjen. Jeg var
usikker på om døra var låst.
Jeg kunne ikke huske om jeg
hadde låst den eller ikke. Jeg
var skikkelig redd! Den mørke
skyggen ble bredere, noe som

tydet på at noe kom nærmere
døra. Hva eller hvem kunne det
være? Det kunne ikke være Ul-
rich, da hadde jeg hørt knirking
i trappa av den tunge kroppen
hans. Det kunne være Felix eller
Line - jeg håpet på det siste og
var så anspent at jeg skalv. Så
hørte jeg et svakt dunk. Skyg-
gen beveget seg ut mot siden
og ble mindre og mindre før den
forsvant. Phu! Jeg kunne puste
rolig igjen, men kjente at jeg var
enda mer oppskaket enn før. Jeg
ville ikke vekke Tone, som sov
rolig i dobbeltsengen ved siden
av meg. Synet av henne beroli-
get meg, og jeg sovnet til slutt.

Neste dag sov jeg lengre enn normalt. Tone var først oppe. Jeg våknet da hun trakk ned vannet i toalettet, og ble liggende og tenke på hva som skjedde om natten. Tone kom tilbake til soverommet og sa:

«Du, de folka er ganske greie. De har gitt oss enda et glass med honning. Det stod i gangen da jeg gikk ut.»

«Å, sa jeg det var da fint gjort. Jeg hørte at det var noe som skjedde i gangen i går kveld etter jeg hadde lagt meg.»

Vi hadde mer igjen av det første glasset, det vi fikk da vi kom, så jeg satte det nye glasset i kjøleskapet.

«Vi spiser vel det første først,» sa jeg, «ingen vits å åpne det andre.» Jeg sa ikke hva jeg tenkte - etter alt som hadde skjedd, hadde jeg blitt mistroisk til alt på denne plassen. Ute på terrassen kunne jeg fortsatt skimte de tre ringene, men bare fordi jeg visste at de var der.

Da slo det plutselig ned som lyn fra klar himmel! Selvsagt, der hadde vi løsningen! Jeg ga beskjed til Tone.

«Nå har jeg en teori om hva som skjer her! Vi hiver i oss frokosten og drar ned til Angelika!»    Tone så på meg med store øyne og åpen munn:

«Hva mener du?»

«Det er en lang historie. Vi drar til Angelika og snakker om det der.»

Vi spiste en rask frokost med bare brød og pålegg, hoppet over te og kaffe og låste oss ut av huset og syklet raskt ned til Vinporten. Den var lukket, men vi kunne se henne oppe ved vin-bua. Vi ropte på henne, og hun kom straks ned, åpnet porten, og lukket den etter oss.

# Kapittel 8

Inne i vinbua fortalte vi hva vi hadde sett og hva som hadde skjedd. Angelika var svært interessert i å høre hva jeg tenkte, og sa:

«Nå må du fortelle hva du tror ligger bak alt dette som foregår her for tiden. Samfunnet her er fremdeles bekymret for hva som kan ha skjedd med turistene som har forsvunnet, og jo mer dette blir kjent, jo mer vil det gå ut over turismen her i Saale - Unstrut.»

«OK,» sa jeg. «Du forstår engelsk og jeg forstår tysk, så jeg forteller min historie på engelsk, så kan du spørre på tysk hvis det er ting du er uenig i, eller som du vil legge til.»

Jeg trakk pusten dypt og begynte å fortelle den utrolige historien jeg hadde kokt sammen.

«Mannen vi leier hos har et møbelverksted i kjelleren. Der jobber sønnen deres med å trekke om gamle møbler og den slags. Han er altså møbeltapetserer. Jeg mistenker at de bruker menneskehud for å trekke om spesielle møbler som skal brukes i ritualer som drives i forskjellige lukkede foreninger. Det kan for eksempel være de som driver med djeveldyrking, eller andre dunkle aktiviteter. I verste fall kanskje i en forening for nekrofili. Det er mye rart som foregår rundt omkring der ute som vi ikke vet så mye om. Heldigvis er ikke etterspørselen så stor. I dette tilfellet lager de kun ett produkt per år. Det er ikke lett å skaffe menneskehud, men jeg tror at Ulrich har funnet ut av det. Min teori er at han har sikret seg en liten sverm av bifolk av sorten "Killer Bees". De skulle jo alle utryddes her samtidig, men bier kan sverme og overvintre i for eksempel hule trestammer. Slik kan noen av dem ha overlevd masseutryddin-gen som ble gjennomført her. Da

jeg dro sammen med ham og
han matet biene, hadde han en
enslig bikube som var plassert et
stykke borte fra de andre kube-
ne, og jeg la merke til at han
behandlet biene i den kuben
svært forsiktig. Dersom han har
lurt med seg et par andre
mennesker dit for å se på biene,
så var nok det nøye planlagt.
Bier stikker vanligvis ikke, for
hvis de stikker så dør de. Derfor
stikker de bare hvis de føler seg
truet. Killer Bees har en kraftig
gift som minner om den som
brukes i anestesi på sykehus,
altså når mennesker bedøves
med barbiturater før de skal
opereres. De går rett i koma

ganske fort, og blir helt uten fø-
lelser. Noen slutter å puste og
ville dødd raskt uten hjelp av
pustemaskiner. Jeg tror han har
tatt med de personene han har
valgt ut, bort til kuben med Killer
Bees, for så å ha provosert
biene til å stikke. Selv bruker
han drakt og unngår risiko.
Kuben står rett ved vannet. Etter
at de er stukket, tror jeg at han
drar personene ut i vannet og lar
dem ligge der til han er sikker på
at de er druknet. Det er jo slik
sett en human måte å gjøre det
på, for den eneste smerten
ofrene kjenner, er selve stikkene.
Ventetiden bruker han for å
skjule sporene fra kubene til

vannet, kun et par meter med sand. Så sleper han kroppene gjennom vannet, rygger varebilen helt ned til vannet, pakker dem inn i presenninger og legger dem inn i bilen. På den måten blir alle spor visket ut, og ingen kan vite hva som har skjedd med de som er savnet.»

«Men,» avbryter Angelika, «hva skjer dersom disse biene stikker andre mennesker? Vil de også dø?»

«Nei, vanligvis ikke, men det er i stor grad avhengig av tilstanden til vedkommende som blir stukket. Hvis det er friske mennesker - og de som går turer i fjellet er som regel spreke - så

kan de i verste fall besvime, og
vil kjenne at de har smerter i
kroppen når de våkner igjen,
men det er jo slik bistikk virker
på friske mennesker. Dessuten,
hvem går bort til bikuber når de
er ute på tur? Normale mennes-
ker går heller en omvei utenom
bikuber. Ingen ønsker tross alt å
bli stukket av bier! Jeg bet meg
merke i at det lå en dobbel
bikube inne i varebilen. Min
teori er at han pakker ofrene inn
i den, når han - sikkert om natta
 - bærer dem inn i kjelleren i
huset der de bor. Hva som
egentlig foregår **der** vil jeg helst
ikke verken tenke på eller snak-
ke om. Her tror jeg de tre ringe-

ne på plenen kommer inn i bil-
det. Jeg kjente en svak lukt av
noe som minnet om gjærbakst
ute ved hageboden. Jeg tror at
de tre ringene i plenen er lokke-
ne på tre septiktanker av betong
som er gravd ned der, og "re-
stavfallet", for å bruke det uttryk-
ket, fra det som foregår i kjelle-
ren, havner nok i de tre tankene
nede i jorda for å gjære. Gjærin-
gen starter i tank nummer én, så
etter ett år flyttes restene til forts-
att gjæring i tank nummer to, og
ender som kompost i den tredje
tanken det tredje året. Selv er de
mest interessert i huden, samt
kanskje noen kroppsdeler som
de bruker som "utsmykning" på

møblene, alt ettersom hvilke syke folk som kjøper produktet.

Huden og eventuelle andre deler av kroppen som skal brukes, blir som du så Tone, tørket i varmekassen på plenen. Jeg tenker også at både åkeren og hagen ellers blir gjødslet med hjemmelaget kompost. Alt vokser ganske så frodig på den tomten der ... Komposten kan jo komme fra tank nummer tre. Det var det jeg kom på i farten. Hva tenker dere om det jeg har lagt frem så langt?»

Tone var overrasket:

«Det høres helt vilt ut, men alt stemmer jo med det du sier! Er det virkelig mulig at det finnes så syke mennesker?»

«Ja,» sa jeg, «Man kan kjøpe alt for penger. Til og med stoler trukket med menneskehud ...»

Tone bare så på meg. Angelika brøt inn:

«Det høres faktisk ut som en mulig hendelse! Hva kan vi gjøre videre for å undersøke om dette er tilfelle?»

Jeg foreslo at hun burde ringe politiet. Dette sa hun seg enig i.

«Jeg kan be de komme hit, og så kan vi fortelle til Polizei alt dere har sett, og om teorien vi har. Jeg kan ringe og snakke med dem i dag, så får vi høre når de kan komme. Jeg vil at dere skal være her, så de ikke tror at dette er noe jeg har drømt», sa hun og lo en kort, nervøs latter.

«Fint! Send meg en sms når du vet når de kommer», svarte jeg og ga henne telefonnummeret mitt.

«Vi sykler en tur tilbake til Naumburg, kikker oss rundt i byen og slapper litt av.»

Hårene reiste seg i nakken da vi passerte bomveien der Ulrich og jeg kjørte inn. Jeg pekte og viste Tone veien og sa at det var der vi kjørte inn. Kabelfergen gikk som vanlig, og vi syklet innover mot Naumburg.

Plutselig tikket det inn en SMS på mobilen. Vi stoppet. Den var fra Angelika:

"Politiet vil komme med en gang. De vil høre historien din".

Jeg viste den til Tone og sa at vi ikke hadde annet valg enn å snu. Jeg sendte Angelika en kort svarmelding om at vi snudde, og at vi kom så raskt vi kunne.

Da vi kom til ferga var den heldigvis på vei mot vår elvebredd. Fra fergekaia kunne vi se Blütengrund Camping på høyre siden av veien. Det var pent inne der, og plassen var omringet av høye trær som var plantet i en stor firkant. Vi lurte på om de som bodde der nå visste hva som hadde skjedd med tidligere

gjester, men det var vel tvilsomt
at de hadde fått informasjon om
det. Eierne ville vel ikke skrem-
me gjestene sine.

Ferga skled inn til kaia, og
snart var vi på den andre siden
av Saale. Vi syklet så fort vi bare
kunne. Ved siden av veien uten-
for porten så vi en grønn og hvit
BMW parkert, med POLIZEI
skrever på begge sider, samt
foran og bak på bilen. Vi gikk
opp til vinsjappa, der vi hilste på
politimennene. Det var to av
dem, én ung og én eldre mann.
Vi fikk hvert vårt glass med
sodavann, og Angelika gikk gjen-
nom historien på tysk. De satt og
lyttet, og den yngste noterte litt

med en spesiell penn på et lite nettbrett. Da hun var ferdig, spurte politimennene meg om etternavnet på Ulrich, samt om adressa der vi bodde. De sa at de ville besøke stedet for å undersøke hvorvidt dette var sant eller ikke. Det måtte imidlertid planlegges med hensyn til ransakingsordre og andre ting. De forklarte at vi måtte dra til huset i kveld og være der til neste morgen. De skulle komme så tidlig som mulig neste dag. Vi fikk beskjed om å ikke levere inn syklene eller gjøre noe annet som kunne tyde på at vi skulle dra derfra før tiden.

«Da kan de ane uråd og slette

bevis», sa den eldste av de to.

De så at Tone var tydelig uro-
lig.

«Dere er helt trygge der dere
bor,» sa samme mann. «Bilen
deres står på utsiden, dere har
vært i området i flere dager, og i
sentrum kjenner servitørene til
dere. Vertskapet har nok ingen
anelse om at dere har snust
rundt i hva de driver med. Dere
har jo bare vært der på ferie.»

Jeg var heller ikke komfortabel
med å overnatte i huset enda en
natt, men forstod likevel at vi
måtte oppføre oss som vanlig for
ikke å vekke mistanke. De takket
for seg og ga meg et visittkort i
tilfelle jeg kom på noe mer om

saken og dro tilbake til politista-
sjonen.

«Angelika, nå må du åpne
flaska vår igjen. Jeg trenger
egentlig en Snaps, men vi skal jo
sykle hjem,» smilte jeg.

Hvitvinen var så svak at et
glass av den kunne ikke skade.
Vi drakk hvert sitt glass alle tre.
Etterpå syklet Tone og jeg ned til
sentrum for å spise middag. Vi
gikk til den samme restauranten
vi hadde vært før, og bestilte
samme drikke som tidligere.
Ingen vits å endre på en god
ting. Jeg bestilte Sweinhaxe, en
røkt og grillet svineknoke, med
stor bakt potet og Sauerkraut:
den tyske, ekstra syrlige surkå-

len. Fantastisk god mat, og det
kunne bare være øl til den
retten! Tone bestilte oksekjøtt:
tre mellomstore møre stykker
stekt som biff, med en mørk,
nesten sort saus, hjemmelaget
potetstappe og dampkokte
grønnsaker. Til maten bestilte
hun et glass italiensk rødvin.
Maten smakte utmerket, og vi
spiste de store porsjonene med
velbehag. Etterpå satt vi og nøt
drikkevarene, og tenkte at dette
var vel siste kveld på denne
restauranten. Litt vemodig,
samtidig som vi var fylt med
spenning over hva morgendagen
kom til å bringe. Vi betalte, og
leide syklene hjem de to kvarta-

lene til huset. Vi stoppet på halv-
veien hos den lille mannen der vi
kjøpte mat og vin den første
dagen, og kjøpte en litersflaske
av den gode halvtørre hvitvinen.
Mannen på barkrakken ved kas-
sa hadde på seg akkurat de
samme klærne som ved forrige
besøk. Vi smilte, betalte tre euro
for vinen og takket før vi gikk
videre til huset. Vi åpnet en flas-
ke hvitvin fra kjøleskapet og ble
sittende og glo på en kjedelig
film på TV, selvsagt dubbet på
tysk.

# Kapittel 9

Maten og vinen hadde gjort oss døsige, så vi slo av TV-en og gikk til sengs. Det var ikke lett å få sove likevel. Hodet var fullt av tanker om alt det vi hadde opplevd den dagen, og fantasier om hva som ville skje neste dag når politiet kom på besøk. Etter en stund falt vi i søvn, men det var en urolig søvn vi sov den natten.

Neste morgen våknet vi av lyden fra ringeklokka i underetasjen. Noen ringte på døra. Klokka var presis åtte. Jeg bykset opp av senga, dro gardina til verandaen litt til side, og så ut av vinduet. To biler var parkert, en politibil og en anonym bil, sikkert politi det også, tenkte jeg.

Etter en kjapp dusj kledde jeg på meg og sjekket mobilen. Det var ingen signaler med WiFi der, noe som det alltid hadde vært tidligere. Jeg fortalte det til Tone. Hun var på vei til badet. Hun stanset:

«Kanskje politiet har slått av ruteren for at folka ikke skal kunne sende meldinger til noen. Politiet har sikkert beslaglagt mobilene deres også,» sa hun, og fortsatte ut på badet.

Ja selvfølgelig, det hadde jeg ikke tenkt på.

Etter morgenstell og frokost tok vi med oss koppene våre ut på verandaen. Nede på plenen var to menn i kjeledress og med luer som så ut som dusjhetter, i ferd med å grave i plenen, på nøyaktig samme sted jeg hadde fortalt politiet om dagen i forveien. Vi drakk opp det vi hadde i koppene, vasket opp, og satte oss til å se på TV. Vi gikk ut fra at vi fikk beskjed av politimennene hva vi skulle gjøre etter at de var ferdige med sine undersøkelser i og rundt huset.

Etter omtrent en time hørte vi at noen kom opp trappen og banket på. Jeg gikk ut og åpnet. Det var den yngste politimannen

fra dagen før. Han snakket godt
engelsk, og spurte om han kun-
ne komme inn.

«Ja, selvfølgelig», svarte jeg
og viste vei inn i stua.

Tone slo av TV-en.

«Vi har undersøkt huset,» sa
han. «Vi begynte i underetasjen.
Der er det fire rom, ett rom der
de har alt utstyret til birøkt, et
tørt lite lager der de oppbevarer
ruller med møbelstoffer, et vas-
kerom med en solid benk, og et
stort rom for å reparere og trek-
ke om møbler. Det var ikke så
mye på gang der nå, men den
ene stolen som stod der, fortalte
det meste om hva som har
foregått her.

Det er en gammel høyrygget
stol med armlener og rett rygg-
stø. Den er laget av trevirke av
nåletre. Ryggen er nå trukket
med hud fra fremsiden av en
mannlig torso. Det høyre armle-
net er som en underarm fra en
mann, med hånden fremst på
armlenet der den er bøyd rundt
som en halvveis knyttet neve.
Det venstre armlenet er utskåret,
pusset og formet med et kom-
posittmateriale som det høyre,
men de har ikke festet huden
på det venstre ennå. Begge de
to forbeina under stolen er også
utskåret, formet og tilpasset som
menneskebein fra kneet og ned
til og med foten. De er også for-

met med komposittmateriale, som to legger. Hudene til disse tre delene, den ene med hånd og to andre med føtter, ligger i en slags saltvannsoppløsning i et stort kjøleskap som står der nede.»

Sambandsradioen hans pep. Han svarte og så på oss.

«Jeg må ned for å få en briefing fra gutta utenfor, sa han. Dere kan bare vente her, så kommer jeg tilbake litt senere.»

Et kvarter senere kom han tilbake, satte seg ned og sa:

«De har åpnet de tre tankene ute på plenen. Der har de funnet levninger fra minst fire mennesker. To ganske ferske i tank

nummer én, og to som nesten er
gått i oppløsning i tank nummer
to. Innholdet har blitt flyttet fra
den ene tanken til den neste, og
deretter til den tredje. Innholdet
i den tredje tanken er nesten
ferdig kompost. Det er vanskelig
å si hva den består av nå, men
det vil bli undersøkt nærmere
for DNA-materiale. Vi har uan-
sett mer enn nok bevis til å sette
disse folkene i varetekt. Sønnen
deres, Felix, er allerede hentet
fra bopelen sin og brakt til sta-
sjonen. Vi har også fått tilbake-
melding fra enheten som dro til
bikubene tidligere i dag. De had-
de med seg en birøkter fra Frey-
burg. Han konstaterte at bikuben

som stod for seg selv inneholdt
såkalte «Killer Bees». Innholdet
i denne bikuben vil bli røykbe-
døvet og kuben brent første dag
det blir regn og vind, for da hol-
der alle biene seg inne i kuben.
Området ved den kuben er nå
sperret av med politiets materi-
ell. Dere kan gjerne begynne å
pakke sammen nå. Vi skal ordne
med et rom til dere på et verts-
hus her i Grossjena. Vi frakter
syklene deres dit. Når dere har
pakket kan dere laste bagasjen
i bilen og dra til vertshuset. Dere
har fått kortet mitt. Ring gjerne
til meg hvis det er noe mer vi
kan bistå med! Jeg må si at dere
har gjort en glimrende jobb med

denne saken! Har dere vurdert å bosette dere her og begynne å jobbe i kriminalavdelinga vår?»

Han smilte bredt, og vi kunne tydelig se på ham at han var svært fornøyd med at denne saken endelig var oppklart.

Det var vi også!

**SLUTT**

# Andre bøker fra Tegn Forlag

Våte kyss av T. M. Sperre m.fl.
Bokmål og nynorsk, innbundet, antologi, noveller.
ISBN: 9788283910087
ISBN e-bok: 9788283910094

Tankestrek av Thea Marie Sanne.
Bokmål, innbundet, poesi.
ISBN: 9788283910001
ISBN e-bok: 9788283910018

Hjarteord av Ane Soldal Hagebø.
Nynorsk, innbunden, poesi.
ISBN: 9788283910209
ISBN e-bok: 9788283910216

Det skjulte av Toril Mjelva Saatvedt.
Bokmål, innbundet, poesi.
ISBN: 9788283910223
ISBN e-bok: 9788283910230

Skattejakt av T. M. Sperre.
Bokmål, hefte, sakprosa.
ISBN: 9788269078480
ISBN e-bok: 9788269078428

## Om Tegn Forlag

Forlaget ble etablert i Bergen
i 2017 av Thea Marie Sanne.
Tegn Forlag gir ut bøker av alle
slag. På nettsiden vår
**www.tegnforlag.no**
finner du mer informasjon om
våre produkter. Via nettsiden kan
du også handle bøker.

Du er hjertelig velkommen til å
melde deg på vårt nyhetsbrev
for å få gode tilbud, invitasjoner
til boklanseringer og informas-
jon om nye bøker som kommer.
Meld deg på via nettsiden vår.

9 788828 391057 5